KB157856

한국 희곡 명작선 79

마지막 디너쇼

한국 희곡 명작선 79

마지막 디너쇼

강재림

평민사

강재림

마지막 디너쇼

등장인물

윤서진 - 40세 사업가, 남주의 남편.
손남주 - 38세 라디오 진행자
양태희 - 32세 레스토랑 매니저
박상태 - 48세 대부업자 겸 레스토랑 사장
명준섭 - 55세 사업가 겸 정치인
박희원 - 30세 헬스트레이너

무대

고풍스러우면서도 심플한 디자인의 레스토랑 로즈마리.
이곳은 어느 지방 도시에 자리한 10층 건물의 지하 레스토랑이다. 이 가게의 주인이 또는 중년의 어느 부부가 과거의 추억과 현재의 적절한 욕망을 투영하기에 잘 어울리는 장소이다. 20년 전이라면 화려해 보였을 지도 모를 벽의 무늬와 장식이 지금은 옛스러움을 동반하며 낡은 추억의 장소처럼 다가온다. 때로 이 무대는 장면의 변화에 따라 가정집의 내부나 사무실, 거리 등으로 바뀌기도 한다.

제 1부 내 몸 밖의 그녀

1장. 완벽한 프로포즈

시내의 한 거리.
어디선가 흘러나오는 라디오 방송에서 남주의 목소리가 들려려 온다.

남주 정말 화창한 봄 날씨가 계속되는 주말입니다. 이런 주말에 어울리는 음악 하나 소개해드릴까 하는데요. 모차르트 최고의 걸작 오페라로 손꼽히는 〈피가로의 결혼〉, 다들 많이 아시죠? 그런데 이 작품의 원작 연극이 존재했다는 거 아시나요? 사실 이 작품은 보마르셰라는 작가의 희곡 작품으로 파리에서 초연 상연 당시 왕인 루이 16세가 '참을 수 없이 끔찍한 작품'이라며 상연을 전면 금지했다고 하네요. 왜 그럴까요? 바로 당시의 신분제도에 대해 정면으로 비판하는 내용과 대사들 때문이었다고 하는데요. 아니 이렇게 아름답고 경쾌한 작품에 그런 저항정신이 담겨져 있었단 말이야? 하는 질문이 생기실 거라 봅니다. 지금은 물론 개개인 모두가 평등한 시대에 살고 있으니 당시 그렇게 치열하게 부딪혔던 감정들도 아주 편안하고 재미있게 감상하실 수 있는 거네요. 자, 그럼 화창한 주말 오후

이 음악과 함께 거리를 걸어보시는 건 어떨까요?

〈피가로의 결혼〉 중 서곡이 흐르며 서진이 등장한다. 그는 무대 한 편에서 관객을 향해 서서 가상의 인물과 대화를 나눈다.

서진 봄이라서 그런지 가게에 예쁜 꽃들이 많네요. 꽃다발 좀 화려하게 포장해주세요. 가격은 신경 쓰지 마시고 최고급으로 해주세요. 포장도 디테일하게 아시죠? 요즘은 디테일이 생명이거든요. 요 앞 10층 건물 지하 로즈마리 레스토랑 있죠? 거기 6시까지 좀 갖다 주세요. (사이) 결혼 10주년이에요. 하하하. 제 아내요? 지금 라디오에서 나오는 목소리 아시나요? 네, 손남주 씨. 제 아냅니다. 서울서 아나운서 하다가 여기 지방 내려와 음악방송 하고 있죠. 목소리에 감성이 묻어 있어서 더 잘 어울리는 거 같아요. 결혼 전에 아내에게 프로포즈했던 데가 바로 로즈마린데 거기서 다시 하려고요. 뭔가 기념이 될 듯해서. 여자 마음 사로잡는 데는 뭐니 뭐니 해도 화려한 꽃다발 아니겠습니까? 물론 절대로 제 아내한테만 써먹었습니다. 하하하. 그럼 잘 부탁드립니다.

서진은 무대의 다른 쪽으로 이동하여 역시 가상의 인물과 대화를 나눈다.

서진 반지 주문한 거 됐죠? 주세요. 네? 아, 뭐 꼭 그런 건 아니고 가정적이려고 노력 중입니다. 남자끼리니까 얘긴데 그동안 좀 잘못한 게 있어서… 흐흐. 아시죠? 비싼 건 비싼 값 하는 거. 여자 마음 녹이는 데는 뭐니 뭐니 해도 쥬얼리 아니겠습니까? 이런 거 하나 선물하면 그동안 있었던 일 싹 잊더라고요. 그리고 한 1년 가는 거죠. 하하하. (반지 케이스를 받아서 열어보며) 이야! 역시! 사장님 손기술 정말 알아줘야 해요. 이래서 내가 브랜드 안 찾고 사장님한테 맡긴다니까요. 아내가 참 좋아하겠어요. 아시죠? 손남주 씨. 그래도 이 지역에선 유명인사라 남들 시선도 좀 신경 써야 하거든요.

서진이 반지케이스를 들고 사라지고 무대는 레스토랑으로 바뀐다. 이윽고 프로포즈에 걸맞는 음악이 흐르면서 한 손엔 꽃다발을, 다른 손엔 반지케이스를 든 서진이 춤을 추며 등장한다. 하지만 실제상황은 아니고 그의 예행연습이다. 그는 중반 정도까지 연습을 하다가 중단한다.

서진 (밖에다 손짓하며) 그만, 그만! 다 하면 재미없으니까. 됐어, 됐어. 퍼펙트! 모든 게 10년 전과 너무나 똑같아! 여기요, 매니저님!

태희 네, 손님.

서진 감사해요. 아주 좋아요. 퍼펙트!

태희 저희가 감사하죠, 손님. 오늘 저녁을 통째로 렌트해주시고, 매상도 한꺼번에 올려 주시니까요.

서진 서빙도 여러 번 안 해도 되고.

태희 (농담처럼) 어머, 눈치 채셨네요.

서진 다 알죠. 나도 발로 뛰는 일 하는 사람인데.

태희 아, 그러세요? 실례지만 무슨 일 하시는지 여쭤 봐도 될까요?

서진 부동산 컨설팅. (손으로 시늉하며) 물론 입으론 열 배 더 뛰고.

태희 호호호. 이렇게 사모님 위해서 이벤트까지 준비하시고 너무 로맨틱하세요.

서진 에이, 이 정도야 뭐 다들 하는 거 아닙니까.

태희 그럴 리가요. 손님.

서진 매니저님도 많이 받아보셨을 거 같은데요. 그 미모면.

태희 전혀요. 요새 이벤트는 많이들 하지만 이렇게 저녁 시간 통째로 빌려서 하시는 분은 거의 없죠. 물론 저에게도 없었고요. 손님 같은 남성분은 우리 여자들의 로망이에요.

서진 그럼 매니저님도 한 번 해드릴까요? 농담이에요. 하하. 얼굴도 예쁘신데 말도 예쁘게 하시네요.

태희 감사합니다. 메뉴도 주문해주신 최고급 요리들로 차례로 준비해놓겠습니다. 골드 립아이 스테이크와 랍스타, 금박으로 데코되었구요. 와인은 꼴로뒤발 까베르네쇼비뇽 72년산 맞으시죠? 이벤트 끝나는 대로 바로 갖다드리겠습니다.

서진 좋네요. 이따가 아내가 도착하면, 아시죠? 이 자리로 안내해주시고요. 내가 아내와 만나서 이야기하다가 잠깐 화장실을 가겠다고 나가면 그때 음악과 조명. 타이밍 잘 맞추셔야 해요. 그래야 기억에 오래 남잖아요. 그리고 음악이 끝나고 꽃다발과 편지를 아내가 받으면, 다시 은은한 분위기로 바꿔주시고요. 편지 읽어야 되니까.

태희 네 잘 알겠습니다. 손님.

서진 아, 저 음악이 벌써 10년이나 됐다니 믿겨지지 않네요.

태희 그러네요. 손님.

서진 매니저님은 그때 여기 안 계셨죠?

태희 네. 저는 여기 온 지 2년밖에 되지 않아서요.

서진 아, 그러시구나. 그래도 다행이에요. 이 레스토랑이 그때 그대로여서 추억이 고스란히 묻어 있어요. 그때 웨이터 하셨던 분이 지금 사장님이시라면서요? 대단하세요. 원래 집이 좀 사셨나?

태희 글쎄요. 그런 건 아니고 금융 쪽 일도 같이 하셨었나봐요.

서진 역시! 나랑 잘 맞는 거 같았어.

태희 맞습니다. 사장님 되시고서 내부 보수를 하셨는데도 인테리어는 그 전 디자인을 그대로 살리셨다고 하더라고요.

서진 아, 그렇군요. 어쩐지 예전 느낌이 그대로인데도 하나도 낡지 않고 더 세련되어 보여서 놀랐어요. 역시 디테일이 있는 분이셨군요. 저거 샤갈 맞죠?

태희 마티스입니다.

서진 맞아요. 마티스. 사장님은 오늘 출근 안 하시나요?

태희 아마 저녁 늦게 오실 것 같습니다. 걱정 마세요. 제가 최선을 다해 도와드리겠습니다. 그럼.

서진 고마워요.

태희가 나가고 서진 혼자 남아 자신이 준비한 편지를 다시 읽어본다.

서진 '남주 씨, 벌써 10년이란 시간이 흘렀네요.' 출발 괜찮나? 뭐 이 정도면 괜찮지. 좀 상투적인 것 같긴 하지만, 항상 고전이 중요한 거야, 클래식! '그래도 당신은 여전히 아름다워요.' (오글거린다는 듯한 몸짓) 오우, 좋아! 여자한텐 이런 표현이 가장 점수를 따는 거지. '10년 전 이 못난 나를 받아주고서…' 너무 신파인가? '이후 이러 저러한 일로 당신을…'

태희 (밖에서) 이쪽입니다. 손님.

이때 밖에서 매니저의 목소리 들려오고 곧이어 남주가 들어온다.

서진 어서 와, 손남주 씨.

남주 왜 당신밖에 없어? 중요한 손님들 오신다면서?

서진 응. 좀 있다 오실 거야.

남주 ….

서진 이리 앉아.

남주가 자리에 앉는다.

서진 오늘 방송 좋더라.

남주 내 방송을 들었다고?

서진 그럼. 당연하지.

남주 별일이네. 관심도 없었으면서.

서진 나 원래 모차르트 좋아하잖아. 피가로의 결혼!

남주 트로트 아니고?

서진 아이, 트로트도 좋아하고 모차르트도 좋아하지. 트로트, 모차르트. 뭔가 묘하게 비슷하지 않아?

남주 내용이 뭔데?

서진 뭐가?

남주 피가로의 결혼.

서진 내용이 중요하니? 음악이 중요하지. 남주 씨 오늘 뭐 먹고 싶어? 아니, 얘기하지 마. 내가 알아서 다 시켜놓을 테니까 가만히 있어. 당신은 오늘 아무 것도 고민하지 마. 고민은 다 내 몫이니까.

남주 오늘 왜 그래? 이따 손님들 오시면 시키지 뭐.

서진 그럼 일단 나 화장실 좀 갔다 올게.

서진이 일어서서 나간다. 그러자 좀 전에 나왔던 프로포즈용 음악이 흘러나오고, 꽤 화려한 조명이 비춰진다. 연습한 대로 서진이 꽃다발을 들고 나오더니 음악에 맞춰 춤을 춘다. 음악이 끝나자 그는 한 손에 꽃을, 다른 손에 반지케이스를 들고서 그녀에게 내민다. 잠시 동안 그의 모습을 멍하니 바라보고 있는 남주.

서진 뭐 해? 안 받을 거야?

남주 우리 이혼해.

서진 뭐?

남주 손님들 온다고 해서 자리 끝나면 얘기하려고 했는데, 어차피 이러려고 만든 자리인 거 같으니까 지금 얘기하는 거야.

서진 장난하는 거지?

남주 나 장난 같은 거 할 시간 없어. 내가 왜 이러는지 너무나 잘 알잖아.

서진 난 모르겠는데. 당신이 왜 이러는지.

남주 우리 둘 사이가 어떻게 돼 있는지 진짜 모른단 말이야?

서진 어떻게 돼 있는데?

남주 참 내, 그걸 내 입으로 새삼스럽게 다시 얘기해야겠니?

서진 말해봐. 아니 말하지 마. 당신 그거 잘못 알고 있는 거야.

남주 세상에, 잘못 알고 있다고? 어제 저녁도 그제 저녁도 난 혼자였어. 1년 전에도 3년 전에도 우린 항상 서로 다른 사람들과 저녁을 먹었고, 집이든 어디든 서로가 없는 곳에서 잠을 잤어. 우리 사이를 굳이 내 입으로 증명해줘? 정말? 완전 남! 완벽한 남남! 이미 법적으로 이혼한 부부보다도 더 멀리 있었어. 그런데 이제 와서 10년 전과 똑같은 프로포즈? 시간을 10년 전으로 되돌리길 바래? 우린 지난 10년간 너무나 잘 증명해왔어. 각자의 길을 아주 잘 가고 있다는 것.

서진 10년 아니야, 5년!

남주 참 내, 그래 5년! 어쨌든 당신이 밖으로 돈 건 5년이니까.

서진 잘 할게.

남주 왜 또? 또 돈 필요해?

서진 무슨 말을 그렇게 해?

남주 네가 그동안 살아왔던 처세술 아니니? 큰 돈 필요할 땐, 작은 돈을 통 크게 써라. 전형적인 사기꾼 수법.

서진 사기꾼이라니!

남주 정정할게. 사기꾼 아니고 사기캐! 캐릭터!

서진 달라질게. 진짜 달라질게. 여기 편지에도 써왔어. 잠깐 들어봐. '당신이 뭘 원하든 그대로 따라갈게요.'

남주 이혼을 원해. 위자료 안 줘도 돼. 우리 아이도 없으니까 양육권, 친권, 재산 분할 이런 거 갖고 법원 드나들 필요도 없고, 변호사 안 만나도 돼. 그냥 도장만 쿡 찍으면 돼. 얼마나 쉬워? 이렇게 깨끗하게 순수하게 이혼만 딱 요구하는 여자가 이 세상에 어디 있는 줄 아니?

서진 야, 잠깐! 너무 나가지 마. 나 지금 반성한다고 하잖아.

남주 뭘?

서진 다.

남주 모르는 거 같은데?

서진 결혼하자마자 직장 때려치우고 사업한다고 덤빈 거. 그리고 아버님한테 돈 빌려서 아직 못 갚은 거.

남주 내가 고작 그거 갖고 이러는 거 같니?

서진 그럼 뭐?

남주 잘 생각해 봐. 아니 생각할 게 뭐 있어? 내가 지금 마음 돌릴 일도 없는데.

서진 (찾았다는 듯) 그럼…!

남주 뭐?

서진 잠깐… 여직원이랑… 이제 잘할게.

남주 그 얘긴 다시 꺼내지도 말라고 했지, 이 멍청아!

서진 그럼 또?

남주 아, 됐어!

서진 또 있다고? 진짜 없는데?

남주 아, 됐다구!

서진 아! 작년에 사무실 확장 이전하느라 집 담보 잡힌 거.

남주 뭐라고?

서진 몰랐어? (실수로 얘기했다는 듯) 아! 그건 걱정하지 마. 진짜, 사업설명회도 잘 됐고, 또 이번에 통 큰 투자자들도 많이 들어와 있으니까.

남주 진짜 됐다. 너란 인간하고 더 이상 대화하는 게 사치다.

서진 진짜 미안해.

남주 그 미안하단 말 좀 그만 해! 넌 진짜 죽었다 깨나도 모르니까. 그건 그런 물질적인 이유가 아니라 좀 더 근본적인 데에 있는 거란 말이야. 네가 근본을 알아? 알 리가 없지. 원래 근본 같은 게 없었으니까.

서진 뭐라고? 지금 말 다했어? (하지만 태도를 바꿔) 그래 맞아. 나 몰라. 가르쳐 줘.

남주 내가 왜?

서진 가르쳐 줘야지. 그래야 반성을 하든 말든 할 거 아니야.

남주 잘 생각해봐. 오랫동안, 깊이. 나 이제 당신 미워하지 않아. 오히려 고마워. 덕분에 나 자신을 다시 찾게 됐으니까. 그때처럼 당신만 믿고 내 인생 비전 세우던 철부지로 지금까지 살았으면 어땠을까. 생각만 해도 끔찍해.

서진 말해줘 제발.

남주 찾아봐.

서진 기회를 줘.

남주 찾아보라고.

서진 아 진짜! 사람이 이렇게까지 얘기하는데 좀 듣는 척이라도 좀 해줘라. 나 진짜 흙수저로 태어나서, 결혼 전까지 흙수저로 살아왔고, 그래서 인생 좀 바꿔보려고 안간힘 쓰다 보니 여기 저기 삽질도 하고, 꼬이기도 하고. 그래서 이렇게 인정도 하고 반성도 하잖아.

남주 넌 그래서 안 돼. 그놈의 흙수저 얘기는 죽을 때까지 입에

달고 살 거야 아마. 넌 어릴 때 공부 좀 열심히 해서 명문대 나온 거 말고는 쓸 만한 게 하나도 없는 열등감에 허세 덩어리야. 처음에 그 겉만 번지르르 한 말솜씨에 속아서 그 안에 이런 속물이 들어 있을 줄 누가 알았겠어. 내가 아직까지 아이 안 가진 걸 얼마나 다행으로 여기는지 알아? 이제 그 정도 했으면 됐어. 나하고는 선이 분명해졌으니까 그 선 다시는 넘지 말아줘. 제발.

서진 바람났냐?

남주 뭐라고?

서진 바람난 거 아냐? 자식 얘기 들먹이는 거 보니까 딴 놈이랑은 애 낳고 살고 싶다는 거 아냐.

남주 말하는 수준하고는.

서진 아니면 아니라고 얘기 해.

남주 됐어. 더 이상 말 섞기 싫어. 나 갈 거야.

남주가 나가려 하자 서진이 얼른 지나쳐 가서 그녀를 막는다.

남주 뭐 하는 거야?

서진 못 가.

남주 저리 비켜.

서진 나 밟고 가.

남주 누워. 밟게.

서진 싫어.

남주가 지나쳐 가려 하자 서진이 막는다. 둘은 몸싸움을 하게 되는데, 서진이 자기도 모르게 때리려는 시늉을 하게 되자 경악한 남주가 서진의 머리를 붙잡아 서로 엉키게 된다.

무대 전환.

무대는 전환되어 10년 전으로 거슬러 올라간 어느 호텔 리셉션장. 출판기념회가 열리고 있는 가운데 남주는 축하객으로 앉아 있고, 서진은 사회자로 한 쪽에 서 있다.

서진 여러분 환영합니다! 이렇게 궂은 날씨에도 우리 김승욱 작가님의 신작 출판기념회를 빛내주시기 위해 참석해주신 여러 내빈 여러분께 감사의 말씀 드립니다. 저는 이 영광스런 자리의 사회를 맡은 윤서진이라고 합니다. 반갑습니다. 지금은 그야말로 인문학의 위기입니다. 우리 김승욱 작가님은 바로 이 위기의 시대에 단비 같은 존재입니다. 지난 2005년, 베스트셀러 하면 소설과 처세술이 독점하고 있던 그 험난한 시기에 이 두 권의 책을 무려 30위권 내에 당당하게 올려놓으셨습니다. '서양 고전의 원투펀치', '니체로 다시 태어난 신'. 가히 파격적인 책들이었습니다. 또 한 가지 특이할 만한 점이 있다면 바로 저의 대학 선배라는 것입니다. 제가 1학년 때 복학생이셨는데 항상 좋은 말씀 많이 해주시고, 없는 형편에 밥도 잘 사주셨습니다. 이게 제일 중요한 거 아니겠습니까? 하하. 또한 후배들 화장실로도 자주 끌고 가셔서… 아, 이건 농담입니다. 그때부터 글에 대한 남다른 재주를 보이신 것이 오늘날까지 이어져 이렇게 훌륭한 작가로 거듭나시게 된 게 아닌가 합니다. 자 그런 김승욱 작가님께서 다시 그의 여섯 번째 책 '프로이트, 꿈을 뒤집다'와 함께 돌아오셨습니다. 우리 명인대의 자랑, 한국 인문학계의 떠오르는 별, 김승욱 작가님을 소개합니다!

박수 소리와 함께 작가가 연단에 나서는 모습이 무대효과에 의해 펼쳐지고, 서진은 반대편에 앉아 있는 남주에게로 다가간다. 남주는 작가의 말을 열심히 듣고 있다.

서진 여기 자리 비어 있나요?

남주 네.

서진 감사합니다.

사이.

서진 저 아시죠?

남주 아니요.

서진 죄송합니다. 실수했습니다.

남주 네.

사이.

서진 저 보신 적 없으세요?

남주 글쎄요. 저는 처음 뵙는데요.

서진 명인대 나오지 않으셨어요?

남주 아닌데요.

서진 아. 그럼 혹시 사시는 동네가….

남주 그건 왜요?

서진 혹시 같은 동네 사시나 해서요. 정말 낯이 익거든요.

남주 아닐 거예요. (다시 작가의 말을 경청한다)

서진 (역시 듣는 척하다가 뭔가 생각난 듯) 아! 승욱 선배랑 잘 아시죠?

남주 아니에요.

서진 아, 그렇구나. (다시 작가의 말을 경청하는 척한다)

남주 (다 듣고서 박수를 치더니 서진을 쳐다본다) 사회자 멘트 잘 들었어요. 말솜씨가 좋으시던데요. 바람둥이처럼.

서진 바람둥이라뇨! 저 정말 어디서 뵌 줄 알았거든요. 제 실수였나? 근데 승욱 선배하고 모르는 사이이신데 어떻게 여길….

남주 와이프가 친구예요.

서진 아, 형수님! 그러셨구나. 어쩐지. 저도 형수님이랑 친하거든요.

남주 네….

서진 인문학의 위기에 대해 어떻게 생각하세요?

남주 글쎄요. 누군가에겐 기회겠죠?

서진 아, 그 기회가 누군가에게 올까요?… 이를테면 저 같은?

남주 (비로소 서진을 보며) 니체가 말했어요. 기회는 늘 지금이다.

서진 (할 말을 찾지만 생각이 나지 않는다)….

남주 저 이제 그만 가 볼게요. (일어나려 한다)

서진 벌써요?

남주 반가웠어요.

서진 저 혹시 이런 말 아세요?

남주 무슨 말이요?

서진 '실수는 없다.' 프로이트!

남주 아, 프로이트! 프로이트!

남주가 뭔가 자각한 듯 프로이트란 말을 곱씹으며 앞으로 걸어 나오면 무대는 현재로 되돌아온다. 남주는 관객을 향해 말하고 서진은 그 자리에서 고개를 숙인다.

남주 지금은 알아요. 저 인간이 그 책은 읽어보지도 않았다는 걸. 단지 그날 출판됐던 그 선배 책 머리말에 쓰인 글귀 하나 저장해뒀다가 책 전체를 읽어본 것인 냥 행동하는 저런 남자들. 프로이트의 꿈의 해석은 꿈에도 관심 없는 저런 남자들이 그런 시덥지 않은 작업멘트를 날릴 때, 대체 왜 우리는 그걸 알면서도 '그래도 속은 꽉 차 있을 거야' 하며 넘어가주는 걸까요? 타인에 대해 큰 의심 없이 살아왔던 사람에게 결혼은 때론 치명적인 체벌이에요. 결혼하고 나서 그래도 아주 가끔은 이 세상에 대해, 우리 인생에 대해 질문을 던지고 대화하며 의미 있는 저녁을 보낼 줄 알았더니, 그저 돈 얘기 아니면 땅 얘기 뿐. 기껏해야 여행, 맛집? 당연하죠. 그런 책들 따위는 근처에도 안 가봤을 테니까요. 처세술이나 성공비법도 아니니까. 그저 돈 안 되는 책일 뿐이니까.

서진 인문학? 발바닥에 땀이 나게 뛰어다니는 사람에게 인문학은 사치야. 내가 그런 사치 부릴 시간이 어디 있냐고? 난 그저 샐러리맨으로 위태위태하게 사는 게 싫었고 빨리 성공을 앞당겨야만 했단 말이야. 당신 위해서도 더욱 그랬고.

남주 거기서 나는 좀 빼줄래? 그리고 왜 하필 나였냐고!

서진 왜 너냐니! 보자마자 느낌을 확 받았다니까. 운명 같은 그 느낌!

남주 첫눈에 반했다는 말 다 헛소리인 거 알아? 운명이 아니라 실수야 실수! 프로이트가 말한 숨겨진 욕망의 표현! 뭐 운명? 그래서 그렇게 다른 여자들하고 바람피우고 다녔냐?

서진 아, 바람피운 게 아니라 바람 쐰 거라니까. 그리고 그건 다시 얘기 안 한다며?

남주 그래, 나도 실수다.

서진 미안해. 이렇게 용서를 빌잖아.

남주 분명히 얘기했어. 그것 때문에 이러는 거 아니라고. 아! 그때 알아차리고 미리 조치했어야 했는데.

서진 그때?

남주 7년 전.

서진 7년 전?

남주 그거 잃어버렸을 때!

서진 그때는 왜 또 소환하고 그래?

무대는 다시 과거로 거슬러 올라가 7년 전의 어느 날로 바뀐다.
장소는 같은 레스토랑이다.
남주가 테이블에 앉아 있고, 서진이 뒤늦게 도착한다.

서진 미안, 많이 기다렸지? 오늘 이렇게 중요한 날인데, 고객들은 계속 연락 오고, 또 나오는데 차는 밀리고.

남주 괜찮아, 별로 안 기다렸어.

서진 (선물을 꺼내며) 자 이거.

남주 이거 뭐야?

서진 우리 3주년이잖아.

남주 고마워.

서진 여기요!

웨이터인 상태가 나타나 그들 앞에 선다.

상태 주문하시겠습니까?

서진　우리 먹는 거 있잖아요.

상태　골드 립아이 스테이크요?

서진　그렇죠. 골드.

상태　네. 그리고 랍스타?

서진　오브 코스.

상태　와인도 준비해드릴까요?

서진　전에 먹었던 걸로.

상태　잘 알겠습니다.

서진　난 이 집 디자인이 참 마음에 들어. 꼭 파리나 런던의 맛집 같잖아? 저 벽화 샤갈 맞죠?

상태　마티스입니다.

서진　아, 마티스! 그래요.

상태가 퇴장한다.

서진　안 열어봐?

남주　응. 집에 가서 볼게.

서진　그래? 그거 굉장히 비싼 거다. 내가 오사카에 직접 전화해서 주문한… (휴대폰 벨이 울리자 받는다) 여보세요? 네, 송 대표님. (남주에게) 잠깐만. (다시 전화에 대고) 아, 대표님, 그거 아무도 손 못 대게 가계약 딱 걸어놨죠. 제가 말씀드렸잖아요. 조만간 리조트 들어오고 상권 조성된다고요. 제가 볼 때 풍수지리학적으로 보나 또 우리 대표님 관상학적으로 볼 때나 딱 임자시라니까요. 그럼 내일 12시쯤 같이 가셔서 도장 찍는 걸로 하시죠. 제가 모시러 가겠습니다. 아, 마지막으로 한 번 더 보시고 찍으신다고요? 역시 꼼꼼하십니다. 요새는 제일 중요한 게 디테일 아니겠습니까? 내일 오전에 전화 한 번 더 드리겠습니다. 아 참, 계약하고 언제 골프나 한 번 더 가시죠. 스윙 좋으시던데. 하하. 그럼 이만 끊겠습니다. (끊는다. 전화기를 가리키며 비꼬듯이) 송테일! 도장 한 번 찍는 거 가지고, 그렇게 전화를 해대. 미안.

남주 괜찮아.

서진 사실 내가 지금 바쁘지만 않았으면 어디 여행이라도 좀 다녀오는 건데 말이야.

남주 여행은 무슨….

서진 그때 기억 나? 3년 전에 우리 발리 갔다가….

이때 다시 휴대폰 벨이 울린다.

서진 미안. (다시 받는다) 아 네, 김 이사님. 잘 받으셨다고요? 아, 별 말씀을. 인테리어는 마음에 드시죠? 그 업체가 인테리어 하나는 아주 확실하다니까요. 아마 앞으로 손님도 팍팍 드실 겁니다. 제가 거기까지 신경 써 드려야죠. 세심하게. 요새 제일 중요한 게 디테일 아니겠습니까? 그럼 앞으로 건승하시길 빌겠습니다. 아 참, 언제 사우나나 한 번 하시죠. 땀 쫙 빼고서 쏘가리 매운탕에다 소주 한잔 죽! 네 이사님, 들어가십시오. (전화 끊고서) 이 양반은 골프를 못 쳐. 그래서 집요하게 물어봤지. 뭐 좋아하시냐고. 그랬더니 아 글쎄 사우나 광인 거야.

남주 근데 당신 말투가 좀 변했다.

서진 어떻게?

남주 꼭 마트 사장님 같애. 아파트 앞 사거리에 있는 마트 있잖아.

서진 아, 그런가? 노인네들 상대하려니까 그렇지. 뭐 친근하고 좋잖아?

남주 친근하지. 대화할 때마다 꼭 야채 값 깎는 기분 들고.

서진 왜 이래? 마치 딴 세상에 살다 온 사람인 것처럼.

남주 일 열심히 하니까 좋다고.

서진 그래, 다 이렇게 발 벗고 뛰어야 당신 명품관에 한 번이라도 더 데려갈 거 아니야. 아까 어디까지 했더라? 아, 참 발리에서 말이야….

이때 상태가 스프접시를 들고 들어와 테이블에 배치한다. 그때 다시 서진의 휴대폰이 울린다.

상태 스프입니다.

서진 (휴대폰과 남주를 번갈아 바라보며) 아, 참!

남주 받어.

서진 (다시 받는다) 네. 아… 네. (뭔가 예기치 않은 전화를 받은 듯) 음…

그 얘기는 나중에 다시 하죠. 제가 지금 중요한 미팅이 있어가지고 시간이 안 되고요. 내일 다시 연락 드리겠습니다. 끊습니다. (얼른 전화를 끊는다) 아 참!

남주 누구야?

서진 응. 오피스텔 분양권 땜에 자꾸 전화해서 만나자고.

남주 만나면 되지.

서진 자꾸 깎자고 난리잖아. 코딱지만 한 사무실 하나 내는 거 가지고는. 그거 해 봐야 몇 천이나 한다고 말을 계속 바꿔. 요새 제일 중요한 게 신용인데 말이야.

남주 디테일이라며?

서진 어?

남주 아니야.

서진 아무튼 이런 인간은 버릇을 고쳐줘야 한다니까. 그리고 이렇게 중요한 약속을 놔두고 어딜 가.

남주 근데 당신 있잖아.

서진 응.

남주 아니야.

서진 뭔데 그래?

남주 요새 반지는 왜 안 끼고 다녀?

서진 어… 이거? 응… 요새 여기저기 이동량이 좀 많아서 집에 두고 다니지. 잃어버릴까봐.

남주 집에 없던데? 반지 케이스 얘기하는 거 아니야?

서진 아, 반지 케이스에 안 놔뒀고, 책상 서랍에 있을 거야 아마.

남주 책상 서랍?

서진 사무실.

스프를 먹는다.

사이.

남주 반지 잃어버렸지?

서진 (기침한다) 그럴 리가.

남주 괜찮아. 그럴 수도 있지 뭐.

서진 (사이)··· 진짜 괜찮아?

남주 바쁘게 살다 보면 잃어버릴 수도 있지 뭐. 그게 그렇게 중요한가? 신용이 중요하지.

서진 (뭔가를 감지하고는 자신감을 얻은 듯) 어디 있을 거야. 진짜 내가 요새 정신없이 살다보니까, 어디 차 안에서 빠뜨린 건지, 사무실 서랍에 넣어둔 건지, 분명 어딘가에는 있을 거거든. 꼭 찾아놓을게. 사실 따지고 보면 지금 우리 수준에 딱 맞는 것도 아니잖아.

남주 뭐라고?

서진 우리 결혼식 할 때, 준비기간이 좀 짧다 보니까 반지도 따로 맞출 시간 없어서 그냥 매장에 있는 걸로 한 거였잖아. 기억 안 나? 내가 조만간 자기 거랑 같이 아주 고급스러운 걸로 다시 맞출 테니까 신경 쓰지 말고, 밥 먹자. 응?

남주 (사이) 내가 지금 새 반지 갖고 싶어서 이런다고 생각해?

서진 아니 새 반지 얘기가 아니고, 퀄리티 얘기잖아. 요새는 뭐니 뭐니 해도 퀄리티 시대 아냐. 아무래도 시대가 빨리 바뀌고 하다 보면….

남주 퀄리티 높은 건 어떤 건데? 뭐, 티파니? 샤넬? 까르띠에?

서진 그런 건 아니지만 그래도 당신 위치도 있고.

남주 그래서 그건 우리 엄마가 해준 거 아니야?

서진 맞지.

남주 난 우리 위치를 얘기한 게 아니고 그냥 잘 간직하고 있는지를 물어본 거야. 신용!

서진 말이 이상하게 흘러갔는데….

남주 당신이야말로 지금 이상하게 변해가는 거 알아? 요새 난 마치 다른 사람과 살고 있는 것처럼 느껴진다고. 내가 알고 있는 예전에 그 사람과는 전혀 다른. 그땐 뭐? 낭만이 현실보다 앞선다? 인생은 현실이 아니라 해석이다? 이런 소릴 했던 사람이 이제 와선….

서진 난 나름대로 우리 인생을 해석해서 여기까지 온 거야. 그래서 삶의 질을 높여가고 있잖아.

남주 뭐가 높아졌는데?

서진 넓은 테라스 있는 집. 저녁 있는 삶.

남주 그 저녁에 너는 빠져 있네.

서진 곧 들어가.

남주 대출도 한참 끼고?

서진 아 참! 남주야, 투자는 그렇게 하는 거야. 나처럼 정세에 밝은 사람은 내 집에도 투자를 해야 하는 거란 말이지. 내가 2년 안에 우리 집 앞으로 신공항 도로 뚫린다고 했지? 벌써 확정됐지? 그럼 앞으로 1년 안에 두 배 오른다고 했지? 그럼 대출금? 빚도 곧 재산인 거야. 아! 내가 다니던 직장 관두고 사업 벌인다고 아버님께 손 벌린 거 그거 때문에 그러는 거야? 그건 앞으로 2년이면 다 갚는다니까.

남주 그런 얘기 아니라고 했지!

서진 이게 내 해석이야. 낭만이 현실보다 앞서지만 그 낭만이란 거 물질적 기반이 있어야 유효한 거야. 2년만 딱 기다려 봐. 그럼 우리 아이도 갖고, 또 노후 준비도 해야지. 요새 노후 자금이 얼마나 드는데.

남주 그게 아니라고!

상태가 스테이크 접시를 들고 들어오는데 남주가 벌떡 일어난다.

서진 왜 그래?

남주 이 얘기 아니? 행복이라는 건 모두 비슷비슷하지만 불행은 저마다 다 크기와 색깔이 다르다고. 이 불행이란 게 자꾸만 내 근처를 어슬렁거리며 배회하는데, 그게 어느 날 갑자기 날 덮칠 것만 같은데 내 앞에 있는 인간은 재테크에 노후자금 타령이나 하고 있으니. 넌 어릴 적 꿈이 신공항 도로 위에 집 짓는 거였니? 당신이 변한 건지 원래 그런 인간인데 나만 몰랐던 건지 모르지만, 이건 내가 생각했던 그런 인생 절대 아니야.

서진 (남주의 팔을 잡는다) 남주야. 반지 찾아올게. 아니 어디 가서 만들어서라도 올게. 화 풀어.

남주가 뿌리치고 그냥 나가버린다.
상태는 그 자리에서 어떻게 해야 할지 모른 채 서 있다.

상태 스테이크 올려놓을까요?

서진 ….

서진이 관객을 향해 걸어가면서 무대는 현재의 시점으로 돌아오고 상태는 접시를 든 채 퇴장한다.

서진 이게 무슨 날벼락이냐고요. 반지 그거 좀 실수로 잃어버린 게 무슨 큰일이라고! 아 중요한 거 알아요. 안다고요! 자세한 사정은 얘기할 수 없지만 사실 그때 결혼식 서두르느라 대충 매장에 있는 거 해달라고 한 거라고요. 나중에 진짜 다시 하기로 했었다니까요! 기껏해야 일이백 정도밖에 안 했던 건데.

남주 (갑자기 나타나며) 그렇게 숫자로 얘기하지 말라고 했지.

서진 그럼 우리같이 흙수저로 태어난 인생은 어떻게 해야 되냐고? 당신이 왜 그런 생각을 갖고 살 수 있는지 알아? 당신

아버지가, 그 아버지의 아버지가 나처럼 악착같이 살아서 그렇게 된 거라고. 개처럼 벌어서 자식에 손자 손녀까지 먹고살 만해져야 그 자식의 자식들이 삶의 질을 얘기하고, 낭만을 얘기하면서 살 수 있는 거란 말이야.

남주 그래서 넌 그런 삶의 질을 자식한테 물려주려고 부잣집 딸을 골랐냐? 네 인생 세탁해서 금수저 물려주려고 나를 제물로 삼은 거야?

서진 제물로 삼다니. 말을 또 그렇게 하니.

남주 그럼 내가 너 안 만나고 혼자 살았으면 이렇게 됐을 거 같애?

서진 알았어. 알았어. 당신이 생각하는 거랑 내가 생각하는 가치가 좀 달랐어. 그래 인정할게. 앞으로 내가 당신 앞에서 절대로 저렴하게 굴지 않을게. 그리고 당신 처음 만났을 때처럼 말도 좀 고상하게 하고, 당신과 함께 살아갈 비전에 대해 다시 한 번 깊이 고민해볼게. 그럼 우리 옛날로 돌아갈 수 있겠지?

남주 아니.

서진 그럼?

남주 한 가지 방법은 있다.

서진 뭔데?

남주 당신이 할 수 없는 거야.

서진 할 수 없는 게 어디 있어? 난 당신 위해서 뭐든지 할 수 있어. 사랑은 뭐든지 할 수 있는 거야.

남주　또 이런 말로 넘어가려고 하는 거 봐.

서진　거짓말 아니야!

남주　그때 잃어버린 반지 찾아서 가지고 와. 집으로.

서진　뭐?

남주　못하겠지?

서진　(머리를 굴리며) 할 수… 있지!

남주　그래? 그럼 생각해볼게.

서진　음… 그게….

남주　그때 그랬잖아. 차 안이나 사무실 책상이나 어딘가에 분명 있다고.

서진　그게 7년 전인데….

남주　당신 차 바꿨어? 사무실 책상 바꿨어? 그대로잖아. 찾아와.

이때 태희가 스테이크 접시를 들고 들어온다. 남주가 나간다. 서진, 그 자리에서 아무것도 하지 못한 채 서 있다.

태희　손님, 스테이크 올려놓을까요?

서진　포장해주세요.

태희　네?

서진　집에 가서 먹는대요.

태희　식으면 맛이….

서진　혹시 7년 전에 뭐하셨어요?

태희 네?

서진 아니에요.

태희 손님, 결제는 어떻게 하실까요?

서진 (카드를 내밀며) 여기요.

태희가 나간다.

서진은 휴대폰을 꺼내어 이름을 검색하며 고민에 빠진다.

그리고 결심한 듯 전화를 건다.

서진 여보세요? 음… 서희지? 잘 지냈어? 웬일은. 어떻게 지내나 해서. 결혼 생활 잘 하고 있나 궁금하기도 하고… 그렇지, 할 말도 있지. 그… 혹시… 7년 전에 말이야. 내가 네 오피스텔에서 반지를 놓고 나온 적이 있었는데… 혹시 그거 기억하니? 아… 물론 준 건 맞지. 맞어. 근데 그거 혹시 나한테 다시 팔 생각 없니? 아… 그렇지? 진작에 팔았겠지. 그래, 잘 지내라.

서진은 어딘가로 다시 전화를 건다.

서진 늦게 죄송합니다. 아직 마감 안 하셨나 봐요. 아까 반지 찾아간 사람입니다. 아시죠? 다름 아니라 제가 좀 급한 일이 있어서 그러는데요. 지금 반지 좀 보러 갈 수 있을까요? 남자 걸 좀 하나 사야 할 듯해서요.

통화하며 서진은 퇴장한다.

2장. 화염 1

남주의 집 거실 풍경. 버튼 누르는 소리 들리고 현관문이 열리더니 남주가 들어온다. 그리고 소파로 가서 털썩 주저앉는다. 잠시 멍하니 앉아 있던 남주는 테이블 밑에서 약통을 하나 꺼내어 오른쪽 손바닥에 한 움큼을 받아놓고 내려다보다가 테이블 위에 올려놓더니 일어나려 한다. 그리고 거실 커튼 뒤에 숨어 있던 누군가를 발견하고 깜짝 놀란다. 그가 모습을 드러냈을 때 남주는 자신의 지인이라는 것을 알게 된다.

남주 뭐야!

희원 ….

남주 너….

희원 지금 뭐하려고 그런 거예요?

남주 너 뭐야? 어떻게 들어왔어?

희원 비번 쉽대요. 한 번 눌러봤는데… 열리더라고요. 누나 생일.

남주 나가! 안 그럼 신고할 거야?

희원 지금 뭐하려던 거예요? 그거 약 아니에요, 수면제?

남주 네가 무슨 상관이야! 나가!

희원　잠깐 얘기하려고 왔어요. 잠깐만. 하도 전화 안 받길래 집 앞에 와서 기다렸어요. 현관까지 어찌어찌해서 들어왔고 현관에서 그냥 진짜 한 번 눌러본 거예요. 근데 열리는 거예요. 얘기하고 싶었어요. 왜 전화 안 받아요?

남주　그럼 빨리 얘기하고 가.

희원　지금 그거 본 이상 그냥 못 가요.

남주　남 일이야. 신경 꺼.

희원　못 가요.

남주　어쭈! 좀 있으면 남편 올 거야.

희원　그럼 남편분 오실 때까지 기다렸다가 넘겨드리고 갈게요.

남주　(어이가 없어 웃음이 나온다) 참, 내! 무단 침입자를 내가… (테이블에 있던 약을 집어서 던진다) 수면제 아니고 영양제다! 됐냐!

희원　(약 하나를 집어 들더니 안심한 듯) 죄송해요. 그럼 가보겠습니다.

남주　얘기할 거 있다며?

희원　그렇긴 한데….

남주　빨리 얘기해. 또 전화 30통씩 하지 말고.

희원　방송은 잘 듣고 있어요. 오늘도 모차르트 얘기 좋던데.

남주　그 얘기 하려고 그런 거야?

희원　아뇨.

남주　그럼?

희원　왜 그렇게 안 나오셨어요?… 2주나 지났잖아요?

남주　내 돈 내고 내가 안 나간다는데 무슨 상관이니?

희원 돈 문제가 아니라, 집중관리 프로그램 하고 있었잖아요. 식단 조절하면서 몇 달 동안 어렵게 만든 몸인데 2주나 쉬어버리면, 에너지 소모는 줄고 남아도는 에너지가 지방으로 간단 말이에요. 그럼 몸이 어떻게 되겠어요?

남주 내 몸이니까 내가 알아서 해. 네 역할은 거기서만 하는 거야.

희원 아니죠. 제 고객인데 끝까지 책임져야죠. 그리고 공인이시잖아요.

남주 어디서 들은 건 있어가지고. 알았다! 내일까지 쉬고 모레부터 나간다. 됐냐?

희원 ….

남주 이제 됐지? 가.

희원 그리고.

남주 뭐?

희원 저….

남주 뭐?

희원 그때 그거….

남주 그거? (사이) 아… 그거? 노래방에서? 그건 내 실수였어. 됐지? 그 후에 문자 보냈잖아.

희원 아니 그거 말고 그 다음….

남주 그 다음에 뭐?

희원 왜 그러신 거예요?

남주 글쎄 내가 어쨌다고?

희원　저한테… 근본 없는 놈이라고….

남주　아, 그게 그렇게 상처였니?

희원　상처라기보다는 왜 그랬는지 알고 싶어요.

남주　미안해. 다신 안 그럴게. 됐지?

희원　아니요.

남주　야! 이제 그만 해.

희원　아무래도 그건 아닌 거 같아요.

남주　진심으로 사과할게. 나도 모르게 입에서 나와 버렸어. 그리고 그렇게 상처받을 줄 몰랐어.

희원　진심은 아닌 거 같아요.

남주　아, 몰라! 거기 서 있든 말든 네 마음대로 해. 이따가 남편 오면 마주치던지 너 알아서 해. 나 들어간다.

남주가 방으로 들어가려 하는데 희원이 팔을 붙잡고 소파로 다시 밀어 넣어 남주는 주저앉게 된다.

남주　너 지금 뭐하는 짓이야?

희원　왜 그런지 알고 싶어요.

남주　너 진짜 신고한다! (휴대폰을 집어 들려고 한다)

희원　(남주의 가방을 뺏어 던진다) 왜 그런지 알고 싶다고요.

남주　(공포감을 느끼며) 아까 얘기했잖아. 나도 모르게 나와 버렸다고.

희원　나도 모르게? 나도 모르게? 아니. '나도 모르게'는 없어.

내가 그 순간 뭘 봤는지 알아? 나를 향한 그 눈빛. 나를 벌레 보듯이 쳐다보는 그 눈빛. 난 그 순간 느꼈어. 아, 날 인간으로 보지 않는구나. 방금 전까지 노래방에서 내 어깨에 기대고 내 귓불을 만지작거리면서 귓속말로 날 가지고 놀더니, 그 다음에 내가 밖으로 쫓아가니까 금세 표정 바꾸고 세상 경멸스런 눈으로 나를 범죄자 취급했잖아! 아니야? 맞아, 아니야! 맞아, 아니야!

남주 실수였어! 실수! 노래방에서 그것도 실수였고, 따라오는 너를 뿌리치려고 나도 모르게 소리친 것도 실수였어! 여자라서 그래. 순간 무서워서 그런 거야.

희원 실수? 허, 실수?

남주가 빠져나가려 하는데 희원이 그녀의 팔을 잡고 다시 막아선다.

희원 실수란 건 없다 그러지 않았나? 실수는 욕망의 표현이라고 언젠가 하지 않았나? 멍청한 내가 시간 잘못 알고 오바해서 PT 했을 때 똑똑한 네가 얘기해준 거잖아.

남주 이러지 마. 소리 지를 거야!

희원 (팔을 잡은 채로) 그래, 나 근본 없는 놈이야. 맞아. 내가 그걸 모르는 거 아니지. 내 애비란 인간 얼굴 낯짝 본 적도 없고, 애미란 여자도 어떤 놈이랑 붙어먹고 도망가서 나 혼자 커서 이렇게 됐지. 근데도 남들 눈에 잘난 몸뚱아리 하나 있어서 이걸로라도 먹고 살아야겠다 하고 발버둥치고, 없는 머리에 가라 자격증 하나 만들어서 이 짓거리라도 하고 있는 거야. 그러니까 근본 없는 놈 맞지. 그럼 넌, 넌 얼마나 근본이 있는 년인데? 내가 너 같은 인간들 상대하다보니까 하나 알게 된 게 있어. 너희들은 처음에 우리한테 웃음 살살 흘리고 꼬리 치면서 장난삼아 유혹하지만, 알고 보면 그 안에는 우릴 배워먹지 못한 천박한 놈들이라고 깔보는 경멸이 들어있어.

남주 저리 가!

희원 그러니까 그 천한 몸종한테 한 번 당해 보란 말이야!

희원이 남주를 쓰러뜨리고 그녀의 목을 조른다. 남주는 발버둥친다.

무대 전환.

*

역시 남주의 집 거실. 불이 꺼져 어두운 가운데에 남주가 누워있다. 테이블 위에는 아까와 달리 약들이 깨끗이 치워져 있다. 그리고 잠시 후 버튼 누르는 소리가 여러 번 반복해서 들리더니 서진이 들어온다. 그의 양 손에는 쇼핑백이 잔뜩 들려 있다. 들어와 불을 켜자 밝아진다.

서진 남주야, 비번 바꿨네. 전화할까 하다가 생일 눌러봤는데…

(소파에 누워있는 남주를 발견한다) 생일 같은 거 하지 말라니까. 벌써 자는 거야? 아이고 많이 피곤했나 보네. 옷도 안 갈아입은 걸 보니.

서진은 거실을 둘러본다. 그리고 그녀가 누워있는 곁으로 다가가 앉는다.

서진 당신 안 깨울게. 내가 당신 위해 준비한 것들만 여기 놔두고 갈게. (물건을 하나씩 꺼낸다) 우선 여기 반지. 당신 찾아오라고 했던 거지. 내가 못 찾아올 줄 알았지? 그리고 아까 10주년 결혼 선물로 주려고 했던 당신 새 반지도. 이따가 뜯어봐. 그 다음에 이건… 음… 당신 기분 전환 시켜주려고 또 골라봤어. 그리고 나 할 얘기가 있어. 자니까 못 듣겠지만 뭐 나중에 다시 얘기해주면 되니까. 나 그동안 내 생각만 너무 앞세웠던 거 같애. 당장 용서해주지 않아도 되니까 차차 시간을 가지고 생각해 줘. 그리고 전화 줘. 갈게.

서진은 일어나서 나간다. 이윽고 누워있던 남주가 일어나 그의 선물을 잠시 보더니 앞으로 나온다. 이것은 현실이 아니라 환상이다. 남주가 남기고 간 환상.

남주 끝까지 변하지 않는 당신. 어쩌면 나도 똑같은 인간인지 몰라. 상대가 변하기만을 기다리면서 나 역시도 그저 살아온 습성대로 계속 살아가고 있었는지도. 내 몸을 벗어나고 나니 이제야 알겠어. 이 세상은 결국 섞일 수 없는 서로 다른 띠를 두른 인간들의 집합체인가 봐. 서로에게 자신을 닮으라며 옥죄면 옥죌수록 그건 자기 목을 조르는 올가미가 되어가는 거지.

그리고 잠시 뒤 커튼 뒤에 숨어 있던 희원이 다시 나타난다. 그는 서 있는 남주와는 상관없이 남주가 누워있던 자리로 가 누워있는 그녀를 느끼듯 바라보다 오열한다. 남주는 그의 뒤에서 그런 그의 모습을 바라본다.

희원 그러게 왜… 왜 날… 이 꼴로 만드냐고… 서로 잘 지낼 수 있는데.

남주가 천천히 원래 누워있던 자리로 가 눕는다.
희원은 조용히 주머니에서 라이터를 꺼내더니 서진이 가져온 쇼핑백에 불을 붙인다. 불이 점점 타올라 거실 전체를 뒤덮는다.

무대 전환.
잠시 후 라디오에서 아나운서의 목소리 들린다.

아나운서 안타까운 소식입니다. 방송인 손남주 씨가 어제 서연동

자택에서 숨진 채 발견되었습니다. 어제 밤 11시 경 손남주 씨가 살고 있는 아파트 5층에 불이 나 같은 동 주민들의 신고를 받고 출동한 119 소방대가 화재를 진압하는 과정에서 숨진 손 씨를 발견했습니다. 경찰은 손 씨의 몸에 목이 졸린 흔적이 있는 것을 보고 살해용의자가 방화범과 동일인인 것으로 보고 조사를 하고 있습니다. 다음 소식입니다.

무대 전환.

제 2부 내 몸 안의 그

1장. 발암

텅 빈 레스토랑에서 태희가 영업 마감을 위해 정리하고 있다. 잠시 후 들어오는 상태. 전의 장면에서 웨이터로 등장했던 것과는 달리 중후한 옷차림을 하고 있다. 그는 가운데에 놓인 테이블 옆 의자에 앉는다. 태희는 그에게 결산 내용이 담긴 태블릿을 가져다가 보여준다.

상태 오늘도 수고했어. 주방은 어디 갔어?

태희 먼저 퇴근하셨어요.

상태 뭐? 사장한테 인사도 없이?

태희 오늘 부인 생일이라고. 말씀드렸다고 하던데요.

상태 아 참, 맞다! 취소! (주방 쪽을 보며) 엄청 깨끗하네. 또 주방 청소했어?

태희 네. 락스로 한 번 닦았어요. 안 그럼 벌레들 생기잖아요.

상태 역시! 우리 양 매니저 땜에 산다니까. 음… 락스 냄새! 난 이 냄새가 참 좋아. 세상의 구린 구석구석을 싹 청소해주는 느낌이잖아? (지갑에서 지폐를 꺼내 내밀며) 자 보너스!

태희 (받는다) 어머 감사합니다! 결산 내용 확인해주시고요.

상태 (태희가 내민 태블릿을 대충 훑어보고는) 다 잘 했겠지 뭐. 오늘 저녁 렌트한 윤 사장 이벤트는 잘 마쳤나?

태희 네.

상태 좀 일찍 끝났나보네.

태희 네. 생각보다 일찍 끝내시더라고요.

상태 그 양반 참! 10년 전에 내가 웨이터 하던 시절에 처음 와서 이벤트 한다고 요란을 떨더니. 그래도 잊을 만하면 전화해서 예약하고 직원들 회식도 하고 매출을 올려준단 말이야. 옛날처럼 가게 회전율 좋을 때야 그런 손님이 와도 '그냥 그런가 보다' 하지만, 요새같이 불경기가 시도 때도 없이 찾아올 때는 말이지, 그야말로 보물이야, 보물. 그리고 그때는 저기 룸 한 칸만 빌려달라고, 그것도 좀 깎아달라고 사정하더니, 이제는 돈 좀 만졌는지 아예 가게를 통째로 빌려가지고 말이야. 내가 그때 일개 웨이터였어도 마치 내 일인 것처럼 정성을 다 해서 도와줬었거든. 역시 중요한 건 신용이야 신용! 알겠어?

태희 네.

상태 양 매니저 처음 봤을 텐데 오늘은 어땠어?

태희 되게 로맨틱하시던데요.

상태 양 매니저도 해줄까?

태희 뭘요?

상태 이벤트.

태희 사모님한테 하셔야죠.

상태 흐흐. 우리 마누라는 그런 거 해줘도 별로 좋아하지도 않아.

태희 정말요? 그럼 뭘 좋아하시는데요?

상태 오로지 이거. (손으로 동그라미 모양을 하며) 이거 외에는 다 귀찮아 해. 이것만 주면 집에 들어오든지 말든지 상관도 안 해. 지금은 뭐 떨어져 있으니 더 좋아하지.

태희 에이 설마요.

상태 에에? 진짜라니까.

태희 여자 마음은 안 그래요.

상태 너도 한 20년 살아봐라.

태희 벌써 20년이나 되셨어요?

상태 15년이나 20년이나.

태희 에이. (다시 테이블 등을 정리를 하며)

상태 내가 웨이터로 일하던 이 가게 왜 사버렸는지 아냐? 여기가 바로 내 고향이자 집이거든. 시골 깡촌에서 올라와서 몸뚱이 하나로 시작할 수 있는 일이 뭐겠어? 반반한 내 얼굴 하나 믿고 열심히 허리 굽히면서 음식 나르는 거지. 그런데 말이지, 여기서 먹고 자고 하면서 하루 종일 일 해 봐도 도무지 자수성가라는 건 꿈조차 꿀 수가 없는 거야. 그래서 원래 이 가게 사장이던 양반이 하는 일을 어깨 너머로 열심히 염탐해보지 않았겠어? 그랬더니 이 양반이 낮에는 다른 일을 하고 있는 거야. 나보고 '너 힘 좀 쓰냐? 그럼 한 번 따라 다녀 볼래?' 하길래 '힘 좀 씁니다' 하고 열심히 따라 다녔지. 그게 바로 일수야, 일수. 그걸로 내가 완전히 일어서서 아버지가 남기고 간 도박 빚도 싹 청산하고 처자식들 저렇게 해외 유학까지 보내고 떵떵거리면서 살고 있는 거야. 이 자본주의란 건 말이야. 매직이야, 매직. 저 빨갱이 새끼들은 무슨 '노동이 생산성이다' 해가지고, 최저임금이네 뭐네 이딴 개소리들 하는데, 자본주의에서 돈을 만드는 건 역시 돈이야. 알겠냐? 물론 돈 말고 하나 더 있지. 땅. 저 이벤트 하는 윤 사장도 부동산 컨설팅 해가지고 이렇게 된 거 아니냐. 역시 처음부터 나랑 잘 맞을 거 같았다니까. 양 매니저, 너도 돈 벌고 싶지? 낮에는 편의점에서 일한다는 거 다 들었다. 지겹지도 않냐?

태희 (하던 일을 멈추고) 저도 그럼 일수해요?

상태 에헤! 일수라니! 대부업!

태희 네. 대부업. 근데 그걸 저 같은 여자가 어떻게 해요?

상태 네가 할 일은 아니지.

태희 그럼요?

상태 넌 내 말 잘 들으면 나한테 용돈 받아 쓸 수 있다고 했잖아.

태희 무슨 말이요?

상태 참, 알면서.

태희 (무슨 뜻인지 알아듣고는) 에이, 사장님도 참. 가정도 있으시면서.

상태 가정은 누구나 다 있는 거야. 너도 가정 있잖아. 고향에 엄마, 아빠.

태희 (웃는다) 사장님은 부인.

상태 부인은 저 서쪽나라에 가 있잖니.

태희 저 남친 있어요.

상태 참 내! 지금이야 너 좋다고 쫓아다니는 젊고 혈기왕성한 녀석들이 좋아 보이겠지만 그 놈들은 능력이 없잖아. 네가 뼈 빠지게 일해서 번 돈 어떻게 하면 자기 호주머니로 집어넣어볼까 그 생각밖에 없을걸. 요새 청춘들이 청춘들이냐? 옛날엔 쌔빠지게 일하면 돈이 모이기나 했지. 요샌 그게 안 되니 쌔빠지게 일해도 몸만 상하는 거야. 그러니 그저 집에 드러누웠다가 자기 깔따구, 아니 미안, 애인 일 끝나면 그저 벗겨먹을 생각만 하는 거 아니겠어? 청춘이 아니라 좀비야 좀비. 그래서 요새 영화에 좀비가 많이 나오는 거야. 너 정은 줘도 몸은 주지 마라. 네가 공주대접 받는 건 딱 세 번 자기 전까지야.

태희 사장님도 사모님한테 그러셨나 봐요.

상태 아이고 딱 들켰네! 그래도 난 떵떵거리며 살게 해주잖아.

태희 그래요. 사장님은 멋있으세요.

상태 그러니까 주말에 데이트 한 번 하자니까. 아님 지금 당장이라도 나 따라오면 내 기러기 생활하는 30평짜리 오피스텔 당장 네 걸로 만들어줄게.

태희 사장님은요?

상태 난 아파트로 다시 들어가면 되지.

태희 (씁쓸하게 미소 짓는다)

상태 편의점 일하는 봉급은 내가 용돈으로 줄 테니 여기서만 일하면 되고.

태희 ….

상태 어때?

태희 (거리를 두며) 사장님… 지금은 좀….

상태 그래. 난 딱 기다리잖아. 옛날 같으면 안 기다렸지. '싫으면 관둬라!' 이랬지만 지금은 지그시 기다려. 왜? 난 신사니까. 주머니에 지폐가 두둑하니까.

태희 네.

상태 주머니에 동전 채우고 다니는 놈들 이제 만나지 마.

태희 잘 새겨듣겠습니다.

상태 오케이. 나 먼저 간다.

상태가 나가고 나자 태희는 가운데에 자리에 앉아 잠시 생각에 빠진다. 그러다 다시 일어나 가게 정리를 한다.

태희 오피스텔….

이때 상태가 나갔던 문으로 준섭이 고개를 내밀더니 들어온다.

준섭 여기 식사 됩니까?

태희 저희 영업 끝났는데요.

준섭 아이고마, 벌써 끝났습니까? 지금 10시밖에 안 됐는데 예.

태희 네. 저희는 식사만 하는 데라서요. 10시에 다 마감합니다.

준섭 아, 그렇습니까? 내가 좀 배가 마이 고파서 그라는데 간단하게라도 좀 안 되겠습니까?

태희 근데 저희 주방장님이 퇴근을 하셔서요.

준섭 그라모 이쁜 아가씨가 메뉴판에 없는 걸로 좀 해주모 안 되겠습니까? 계란 후라이 같은 거, 커피 한 잔 하고 마.

태희 그게 저….

준섭 아이고마, 내가 요 위 사무실에 볼 일이 있어가 일이 좀 늦게 끝나서 그렇십니다. 근처에 식당문도 다 닫고 해서 마. 다리도 마이 아프고, 허리도 마이 아프고. (지갑에서 지폐를 꺼내며) 허허허. 부탁 좀 하입시다.

태희 제가 주인이 아니라서….

준섭 아, 알겠십니다. 실례가 많았네 예. (나가려 한다)

태희 저기!… 앉으세요.

준섭 (언제 나가려 했냐는 듯이) 아, 그래도 되겠습니까?

태희 제가 잘 못하지만 계란후라이 해 드릴게요.

준섭 거, 혹시 감자튀김 같은 거 있으면 그것도 좀 튀겨 주실랍니까?

태희 감자요? 네, 그러죠. 커피는 믹스커피요?

준섭 아메리카노.

태희 네.

준섭 아이고마, 고맙십니대이. 내가 이 사람 보는 눈이 있다 아입니까? 딱 보이 아주 크게 될 상이네.

태희 아, 고맙습니다.

준섭 농담이 아이고, 올해 안에 뭐가 들어올 깁니다. 기다려 보이소.

태희 아… 네… 아메리카노 설탕 필요하시죠?

준섭 두 스푼. 허허허.

태희가 안쪽으로 들어간다. 그러자 준섭은 손에 들고 있던 신문을 펼쳐들고 읽기 시작한다.

준섭 야, 이… 이… 나라꼴이 우예 될라꼬 이 모양인 기가? 이 봐라, 이… 이… 아이고. 이 아마추어 정부가 들어서니까네 무턱대고 퍼준다꼬 이 난리고, 뭐뭐 부동산 잡는다꼬 이 난리고, 나라를 차라리 갖다 팔아 뻴지 마. (휴대폰 벨이 울리자 전화를 받는다) 어, 내 계약하고 지금 지하 레스토랑에 와 있다. 출출해가 요기나 좀 할라꼬. 괘않으니까 계약했재. 가마이 딱 기다려 봐라. 1년 내에 두 배 오른다 안하나. 내가 누구고? 니는 집에 가마이 앉아서 돈 셀 준비나 하고 있으래이. 허허허. 이따 밤에 박 시장하고 송 의원하고 또 약속 있으니까네 먼저 자고 있으래이. (전화를 끊는다)

태희가 접시와 커피 잔을 들고 나온다.

태희 커피랑 계란후라이 먼저 나왔습니다.

준섭 아이고 마 고맙십니다. 근데 아가씨는 여기 일한 지 얼마나 됐습니까?

태희 저요? 한 2년 정도 됐는데요.

준섭 2년? 꽤 됐네. 알바생은 아닌갑네 예.

태희 네. 매니저입니다.

준섭 아, 마니저! 그라모 4대 보험은 됩니까?

태희 말만 매니저지 그런 건 없어요.

준섭 아, 그럼 그냥 월급만 받는갑네요.

태희 네.

준섭 그럼 마니저님은 어느 당 지지해요? 정치에 관심이 좀 있습니까?

태희 저 그런 건 잘 모르는데….

준섭 몰라요? 20대라서 무당층인갑네. 요샛말로 정알못?

태희 20대는 아니에요.

준섭 아 그래요? 그라모…?

태희 서른둘입니다.

준섭 아이고 마! 미모가 워낙 출중해가 난 스물 한 다섯쯤 된 줄 알았네요.

태희 감사합니다. 사장님도 동안이세요.

준섭 나? 나 몇 살 된 줄 알고?

태희 40대로 보이시는데요?

준섭 40댄데요?

태희 아….

준섭 농담이요, 농담. 허허! 그보다는 쬐끔 더 먹었어요.

태희 그러시구나. (들어가려 한다)

준섭 저 아가씨, 아니 마니저님. 그 월급으로 살 만해요?

태희 네?

준섭 내 곧 있으면 여기 시의원 될 사람이라 예. 정치인. 그라니까네 그냥 함 얘기해보이소. 의정활동에 반영할 테니. 내가 너무 시간 뺏는 깁니까?

태희 아니요. 괜찮습니다.

준섭 그럼 살짝만 얘기해 주실랍니까?

태희 네. 사실 살기 힘들어요. 월세도 너무 비싸고, 밥값도 많이 들고. 그래서 낮에도 다른 일을 해야 생활이 되거든요.

준섭 알바?

태희 네. 편의점에서.

준섭 아이고 마. 이 봐라, 이 봐. 이 무능한 정부가 들어서니까네 우리 젊은 층들이 무지 고생이다 아입니까.

태희 근데 사실 전 정부 때부터 죽 이랬던 거 같은데….

준섭 정부 안 바뀌었으무 월급 마이 올라서 알바 같은 거 안 했재.

태희 아, 그런가요?

준섭 하모. 이 자영업자들 목줄 죄가 월급도 안 오르고 죄다 자르기만 한다 아입니까?

태희 그런 것 같기도 하네요.

준섭 잠깐만 이리 좀 와 보이소. (신문을 펼치며) 여기 좀 보소. 여기 이 사진에 이 사람 보이지요? 누구 같습니까?

태희 (자세히 보더니) 사장님 같으신데요?

준섭 눈썰미 하나 기가 막히네! 맞십니더! 바로 이 사람입니더. 밑에 이름 보이시죠? 명준섭이.

태희 명…준…섭…. (잠시 생각한다)

준섭 이름 기가 막히지 예? 몇 달 있음 지자체 선거 있다 아입니까? 투표지에 보면 시장 밑에 시의원 딱 써 있거든 예. 기호 2번, 고마 도장 팍 찍어주이소 이?

태희 명준… 섭! (앞으로 걸어 나가며)

태희가 이름을 되뇌며 무대 앞으로 걸어 나가면, 기존의 장면은 정지되고 태희의 내면적 시간으로 변화된다. 그녀는 관객을 향해 자신의 마음을 털어놓는다.

태희 명준섭! 잊을 수 없는 그 이름 명준섭! 그 이름을 듣는 순간 난 심장이 멎는 듯한 기분을 느낄 수밖에 없었어요. 저 마음씨 좋아 보이는 동네 아저씨가 바로 그 악마였다니. 지난 15년 간 틈만 나면 나의 몸속을 기어 다니던 그 벌레가 바로 내 눈 앞에 다시 나타나다니. 저런 인간 말종이 정치를 한다고? 그것도 내가 살고 있는 곳을 다스리는 무슨 시의원? 이건 아니야. 내가 아무리 못 배우고 못 살아도 저 인간이 떵떵거리는 그런 세상에서 살고 싶지 않다고! 중학교 시절이었어요, 사고로 아빠가 돌아가시고 혼자 된

엄마가 일 년도 채 안 되어 웬 아저씨를 집에 들였어요. 사춘기였던 나는 집을 나와 버렸죠. 그때 며칠 뒷골목을 방황하다가 가게 된 곳이 바로 그곳이었어요.

무대는 전환되어 과거의 어느 청소년 보호시설의 사무실로 바뀌게 된다.
훨씬 젊어진 준섭이 테이블 앞 의자에 앉아 있다. 그리고 역시 훨씬 어려진 태희가 들어온다.

준섭 들어와. 여 앉으라.
태희 ….
준섭 앉으라니까. 마 괘안타.
태희 (자리에 앉는다)
준섭 (초코파이를 내밀며) 이거 무라. 아까 보니까 저녁도 별로 안 묵든데. 배고프지 않나? 괜찮으니까 마이 무라. 여기 이런 거 많다.

태희가 초코파이를 받아서 먹는다.

준섭 맛있재? 집 나오면 다 맛있는 기다. 엄마는 안 보고 싶나?
태희 네.
준섭 엄마는 집에 계신 거 맞재?
태희 ….

준섭 그래. 얘기 안 해도 된다. 보기 싫으면 안 보문 되는 기고. 내가 누군진 알재?

태희 센터장 선생님.

준섭 그래. 아니까 이레 찾아 왔겠지. 내가 이 보호시설의 센터장샘 맞다. 센터장이라꼬 해서 학교 교장샘처럼 어려워할 필요 전혀 없어. 여기 있는 동안은 뭐 힘든 거 있음 다 얘기해도 된다. 여기 항상 열려 있거든.

태희 고맙습니다.

준섭 근데 사투리를 전혀 안 쓰네.

태희 전학 온 지 얼마 안 돼서.

준섭 그래? 와?

태희 ….

준섭 아, 그것도 마 차차 얘기해도 된다. (책상 서랍에서 시디플레이어와 시디를 꺼내어 준다) 이거 선물이다.

태희 (자기도 모르게) 와!

준섭 니 이 가수 좋아하재? 김종국이. (노래한다) 머리부터 발끝까지 다 사랑스러워.

태희 (자기도 모르게 웃는다)

준섭 와? 안 똑같나?

태희 네.

준섭 와? 나 똑같단 소리 많이 듣는데. 이 팔뚝에 근육도 잔뜩 있고.

태희 에이.

준섭 보여주까?

태희 네.

준섭 (팔소매를 걷어 올리는 시늉을 하다가) 마, 다음에 보여주께.

태희 에이!

준섭 허허. 이래 밝은 아가 와 그리 웃지도 않고 가마이 앉아 있었노. 집에 가라 그럴까봐?

태희 네.

준섭 그래. 네가 가고 싶닥 할 때까진 안 가도 되니까네 편히 있다 가그라.

태희 정말요?

준섭 하모. 그리고 여기 오래 있을락 하모 주일에 교회는 가는 게 좋다. 오늘은 안 가도 됐다만.

태희 ….

준섭 그것도 안 갈라꼬? 하하. 예수님 말씀에 들판에 새들도 풀들도 하나님은 다 먹여 살리신닥 했다. 니 교회 안 가도 다 먹여 살려 주시니까네 언젠가 고맙다 느껴지면 그때 가도 된다. 니 방 친구 소영이하고는 친해졌나?

태희 네. 많이 친해졌어요.

준섭 잘 됐네. 가가 좀 터프해 가 좀 안 맞을까 걱정했는데. 입도 걸걸하고.

태희 저 그런 애 좋아해요. 히히. 근데요.

준섭 응.

태희 저 뭐 하나 물어봐도 돼요?

준섭 되지.

태희 소영이는 밤에 핸드폰도 막 하던데.

준섭 핸드폰?

태희 네.

준섭 밤에는 책 봐야지. 핸드폰은 금지사항이잖아.

태희 근데 소영이는 허락하셨다고 그러던데요. 사주기도 하셨고.

준섭 누가 그러대?

태희 소영이가요.

준섭 음… 그래서 너는 그거 줬잖아. 니 좋아하는 음악 들으면 되지.

태희 저는요. 음악도 좋아하고, 핸드폰도 좋아해요. 그리고 저 꼭 연락해야 할 사람이 있거든요.

준섭 그래서 그 얘기할라꼬 찾아온 기가?

태희 네.

준섭 음, 글쎄….

태희 (갑자기 다가가서 준섭의 어깨를 주무른다) 선생님.

준섭 니 뭐하는 기고?

태희 소영이가 이렇게 하라고 하더라고요. 쌤이 좋아하신다고.

준섭 내가 좋아하긴 뭘.

태희 좋아하시잖아요.

준섭 (점점 시원함을 느끼는 듯하더니) 니 안마 잘하나?

태희 안 해봤는데 잘하는 거 같아요.

준섭 그래? 그럼 좀 제대로 함 해볼래?

태희 네?

준섭 저 안에 가모 매트리스가 있어가 제대로 할 수 있다. 머리부터 발끝까지. 잠깐만 들어가서 해 볼래?

태희 네? 저… 어깨만 해드리면 안 돼요?

준섭 어깨만 하모 안마 제대로 하는 게 아이지.

태희 ….

준섭 싫음 말고.

태희가 가만히 있자 준섭이 태희의 팔을 살며시 잡는다. 하지만 힘을 쓰지는 않는다. 태희는 망설이면서 천천히 따라간다.

준섭 (안에서) 자 이제 함 해봐라. 거기, 그래 거기. 좀 더 밑으로. 좀 더 밑으로. 그렇지. 아니, 아니, 거기. 그래 거기.

이때 태희가 밖으로 뛰쳐나온다. 충격을 받은 듯 두 손으로 얼굴을 감싸고 있다.

준섭 와?

태희 저 못하겠어요.

준섭 머꼬? 자기가 한닥 할 때는 언제고?

태희 그래도 이건….

준섭 이것도 다 사회생활이야. 니 핸드폰 해야 한닥 했재. 뭔가 하나를 얻어낼락 하믄 그 댓가도 있어야 하는 기다. 내 니 힘든 일 안 시킬라꼬 이거라도 어쩔 수 없이 시키는 기야. 밖에서 니 나이에 핸드폰 하나 살락 해봐. 막노동에 패스트푸드에 주유소에 얼마나 고생 해야는지 아나? 그거에 비하모 다리 좀 주무르는 거 암 것도 아이다. 안 그나?

태희 그럼 핸드폰 아예 사주시는 거예요?

준섭 하모!

태희 그럼… 다리만… 하면 되는 거죠?

준섭 하모!

태희가 쭈뼛쭈뼛 먼저 들어가고 흡족함을 느낀 준섭이 따라 들어간다. 이윽고 태희가 다시 뛰쳐나와 관객을 향하면서 무대는 현재의 시점으로 돌아온다.

태희 그때 왜 나는 그곳으로 따라 들어가고 말았을까? 그 날 당장 그 일이 벌어지진 않았지만 난 그 인간이 시키는 일에 점점 물들어 결국 선을 넘는 그를 막지 못했어요. 그 날의 충격을 떠올리면 지금도 온 몸에 소름이 돋으며 마비가 와요. 지금 돌이켜보면 그때 당시 열악했던 센터에서 일하던 쌤들이 박봉에 시달리느라 모두 쌀쌀맞았지만 센터장은 그들과 달리 따뜻한 말과 눈길로 포장되어 있어 거기에 그만 넘어갔던 거 같았어요. 게다가 전도사라는 양의 탈까지. 처음엔 신고도 못하고 쩔쩔매며 매일 매일을 그렇게 지내다가 결국 뛰쳐나왔고, 경찰서에 신고도 해봤지만 아주 쉽게 묵살되고 말았어요. 게다가 조사한다며 아무도 없는 주말에 불러낸 경찰관도 은근히 나쁜 짓을 하려는 거예요. 악마는 절대 어두운 곳에만 있지 않아요. 오히려 무서운 악마들은 가장 안전해 보이는 곳에서 온화한 얼굴로 우릴 기다리고 있어요.

무대는 다시 현재의 레스토랑으로 돌아오고, 나이 든 준섭은 어느새 레스토랑 의자에 앉아 있다.

준섭 근데 아까부터 뭘 그리 멍하이 서 있습니까?

태희 아… 아무것도 아니에요.

준섭 감자튀김은 안 주실랍니까?

태희 네네. 준비해드릴게요.

준섭 허허허. 우리 마니저님 언능 집에 가서 푹 쉴락 하는데 내가 너무 성가시게 한다 그죠? (다시 지갑에서 현찰을 꺼내며) 자 여기 이거 받으이소.

태희 아닙니다.

준섭 자 받으이소 마. 언능 먹고 가께요. 내가 요 앞에서 또 약속이 있거든.

태희 (거리를 두고) 진짜 괜찮습니다. 얼른 갖다 드릴게요.

준섭 그래요. 고맙십니다. (테이블 위에 돈을 올려놓는다)

태희가 들어간다. 준섭은 계란후라이를 먹는다.

준섭 참 내! 요즘 세상에 돈 준닥 하는데 빼는 아가 다 있네.

준섭이 커피를 마시고 있는데 상태가 들어오자 준섭이 돌아보고 두 사람은 눈을 마주친다.

준섭 아, 여기 영업 끝났십니대이.
상태 근데 어떻게…?
준섭 아, 나요? 나는 마지막 손님인데 예. 금방 갈 깁니다.
상태 아, 예. 저는 이 가게 사장입니다.
준섭 아이고, 그렇습니까? 이거 몰라봤네 예. (악수를 청하며) 여기 마니저님이 끝났닥 했는데 주변에 식사할 데가 없어가 간단히 요기라도 하게 해달라꼬 떼 좀 썼십니다. 제가 오늘 여 10층에 볼일이 좀 있어갖고 예.
상태 아, 네. 10층이면 이 건물 사장님 사무실인데.
준섭 하하하. 그래 됐십니더. (전화벨이 울린다) 잠깐만요. 여보세요? 아이고 송 의원님. 쪼메 있다 만날 긴데 뭐 그리 보고 싶어가 전화를 다 하셨어요. 허허허. (상태에게) 잠깐만 예.

준섭이 전화를 하며 밖으로 나간다. 이때 감자튀김을 만들어 들어오던 태희가 준섭을 발견한다.

태희 사장님.

상태 어. 양 매니저.

태희 아, 저 손님이 좀 오셔가지고요. 이 건물에 볼 일이 있으셨는데….

상태 알아, 알아. 잘했어.

태희 근데 어디 가셨지?

상태 응. 통화하신다고. 이상한 사람 아니지?

태희 네. 근데 사장님은 어떻게 다시 오셨어요?

상태 응. 뭐 좀 놔두고 가 가지고.

태희 (감자튀김을 내려놓더니 고개를 숙인 채 가만히 있다)….

상태 왜 그래? 어디 아퍼?

태희 아니에요.

태희 주방으로 가려다가 프론트에서 물건을 집어들고 가려는 상태에게 다시 다가온다.

태희 저, 사장님.

상태 왜?

태희 부탁 하나 들어주실 수 있어요?

상태 부탁?

태희 네.

상태 뭔데?

태희 사람 좀 손 봐 주실 수 있어요? 사장님 그런 거 전문이시잖아요.

상태 요새 누가 그런 거 하나? 다 법적으로 처리하지.

태희 아, 안 되시는구나. 전 또….

상태 (태희가 돌아서려고 하자 아쉬워서) 근데 뭐 우리 양 매니저가 하는 부탁이라면 좀 생각해 볼 수도 있지.

태희 정말요?

상태 그럼. 이 동네 건달이고 경찰이고 양아치고 다 내 손 안에 있으니까. 부탁 들어주면 뭐 해줄 건데.

태희 저 사장님 하자고 하시는 거 할게요.

상태 (놀라서) 응?

태희 이번 주말에 사장님 가시는 대로 따라 갈게요.

상태 그래?

태희 네.

상태 그게 누군데?

태희 (밖을 가리키며) 저기.

상태 저 나이 든 양반? 왜? 누군데?

이때 밖에서 들리던 준섭의 목소리가 커지면서 그가 안으로 들어오자 태희가 상태의 팔을 잡아끌어 주방 쪽으로 들어간다.

준섭 (밖에서 들어오며) 쪼매 늦으셔도 상관 없십니다, 의원님. 제가 시장님 먼저 만나서 판 잘 깔아놓고 있겠십니다. 그럼 이따 뵙겠십니대이. 욕 보이소.

준섭이 전화를 끊고 앉아서 감자튀김을 하나, 둘 먹는다.

준섭 이? 둘 다 어디 갔지?

다시 주방 쪽에서 나오는 상태. 상태는 준섭을 시선으로 서서히 훑으며 조금씩 다가간다.

준섭 아이고, 사장님. 잘 먹었십니다. 아주 맛있네 예.
상태 (지긋이 바라보며) 네.
준섭 (시선을 느끼고) 근데 그러고 보이 우리 사장님 참 미남이시네 예.
상태 아이, 별 말씀을요.
준섭 인사가 좀 늦었십니다. (명함을 건네며) 저 명준섭이락 합니다.
상태 저는 박상태입니다. 명함을 좀 놓고 와서. (명함을 보더니) 유통사업 하시네요.
준섭 뭐 이것저것 한다 안 합니까? 그 몇 달 후에 지자체 선거 있는 거 아시지 예? 제가 바로 시의원 후보라 예. 기호 2번 명준섭이. 잘 부탁합니대이.
상태 네? 후보시라고요?
준섭 그러십니더. 선거운동 기간이 아니라서 선거명함은 아직 못 드립니대이.
상태 (다시 명함을 보더니) 대신유통? 그럼… 요 앞 사거리 대신빌

딩 대표님이신가요?

준섭 마 그렇십니다.

상태 아이고! (태도를 바꾸어 다시 악수를 청하며) 이거 몰라 봐서 죄송합니다. 그런데 이 건물엔 어쩐 일로?

준섭 허허허. 차차 알게 될 긴데, 마 얘기 나왔으니까 말씀 드리지 예. 오늘 이 빌딩 계약했다 아입니까.

상태 아니 그럼! 이 건물 새 주인이 바로 선생님이셨습니까? 아이고 사장님! 이거 정말 큰 실례했습니다.

준섭 마 실례는 무신. 몰랐으니까 차차 알면 되는 거지 예.

상태 아, 이거 머 맛있는 거라도 올려야 되는데 이렇게 허접한 걸 대접해드려서 어떡합니까? 지금 나가서 어디 회라도 한 사라 드시겠습니까?

준섭 아이고 마, 됐십니다. 다 먹었는데 예. 이따가 요 앞에 또 약속이 있어 가.

상태 아, 그 의원님과 만나기로 하셨다는… 아까 듣기로 송 의원님이라고….

준섭 예, 송 의원하고 박 시장하고.

상태 박 시장님이요? 송 의원님은 송병관 국회의원 말씀하시는 거죠? 저 정말 오늘 사장님, 아니 의원님 만나 뵌 이 순간을 절대로 잊지 못할 겁니다. 혹시 이따 시장님 만나실 때 제가 잠깐 동행해서 인사라도 드릴 수 있을까요? 식사라도 제가 대접해드리고 싶습니다만.

준섭 오늘은 마 좀 그렇고 담에 함 보입시다.

상태 네. 알겠습니다.

준섭 근데 여기 화장실 좀.

상태 아, 화장실이요? 저 한 계단 올라가시면요… 아니 제가 모시겠습니다. 어서 올라가시죠. 화장실이 좀 누추한데 괜찮으시겠습니까?

준섭 아이고 마, 괜찮지.

상태가 얼른 프론트 데스크에서 키를 꺼내어 준섭을 모시듯 안내하여 나간다.
이때 주방 쪽에서 등장하는 태희. 그녀의 손에는 락스통이 들려져 있다.

태희 (그들이 나간 곳을 바라보며) 쓰레기와 벌레. 쓰레기와 벌레가 한 무더기가 되어 걸어가네. 청소가 필요하네. 청소가. (락스의 뚜껑을 열며) 네가 좋아한다던 이 냄새. 세상에 구린 구석구석을 싹 청소해준다는 이 냄새.

태희는 처연하게 락스를 감자튀김 위에 뿌린다. 그리고 다시 주방 쪽으로 사라진다.

2장. 화염 2

잠시 후 들려오는 상태의 큰 웃음소리에 준섭의 웃음소리도 조금 섞여서 들려온다.

이윽고 문이 열리고, 상태가 준섭의 몸이 행여나 문에 닿을 세라 조심스럽게 엄호하며 그를 안내한다.

상태 아, 이렇게 우리 명 의원님 만나 뵙고 잠시라도 얘기를 나누고 나니까 뭔가 많이 배운 느낌이 듭니다. 하하하.

준섭 아이고, 배우기는 뭘, 몇 분 안 지났는데.

상태 아닙니다. 이 세상을 남다르게 살아오신 분들은 뭐가 달라도 다르다니까요. 몇 마디 안 되는 말씀 속에도 연륜이 싹 배어있으시니까 그저 저 같은 것들은 열심히 배우는 거 아니겠습니까? 역시 이 바닥은 경륜 아닙니까. 앞으로 제가 의원님 손발이 돼서 막 뛰어다닐 준비가 되어 있으니까 뭐 시키실 일 있으시면 그냥 시켜주십시오. 제가 무조건 달려가겠습니다.

준섭 뭐 함 보입시다.

상태 감사합니다, 의원님!

준섭 (테이블 위 감자튀김을 바라보며) 아이고, 이거 우리 이쁜 마니저님 졸라서 고생시켜 놓고선 하나도 못 묵었다.

상태 아! 의원님, 이런 거 드시지 마십시오.

준섭 와 예?

상태 다 식었습니다 의원님. 제가 의원님 이런 거 드시는 거 절대 못 보겠습니다. 제가 지금 당장 주방에 가서 특 에이급 스테이크라도 당장 구워 올리겠습니다.

준섭 아이고마, 괘안십니더. 이거 하나만 묵고 가지 뭐. (하나를 집으려고 한다)

상태 (준섭이 집어든 것을 입으로 가져가려 하자 손을 내밀며) 아이, 드시지 마시라니까요.

준섭 (냄새를 맡으며) 근데 이거 뭐 이상한 냄새가 나는 거 같은데….

상태 그래요? (얼른 가져다가 냄새 맡고는) 아, 이거 아마도 주방 청소를 한 뒤에 튀긴 거라서 락스 냄새가 좀 배었나봅니다. 그러니까 드시지 마시고 제가 지금 밖에 나가서라도 좋은 걸로 대접해 드리겠습니다. 말씀만 하십시오.

준섭 허허. 그건 담에 하고. 안 그래도 묵다가 안 묵으니까네 배가 싹 부르네요. 허허허.

상태 하하하.

준섭 그럼 난 이만 좀 가보겠십니더. (테이블 위에 올려놓았던 지폐를 건네며) 마니저님 어디 가셨나보네 예. 이거나 좀….

상태 아! 그러지 마세요. 의원님.

준섭 그래도 영업시간 끝나고 일 시켰는데 봉사료는 챙겨줘야 안합니까.

상태 괜찮습니다. 제가 주겠습니다. 제가요.

준섭 마 받으이소 마. 짜잘한 것들은 성의로 받고 마 쓸 때는 크게 팍팍 쓰는 겁니대이.

상태 아, 그렇습니까? 또 배웠습니다. (90도로 고개를 숙이며) 그럼, 감사히 전달하겠습니다.

준섭 그나저나 그 마니저 아가씨 참 잘 키웠습디대이.

상태 아, 매니저요?

준섭 그런 직원 하나 두기 참 힘든데. 요새 아들은 퇴근 시간만 되믄 마 칼같이 퇴근만 할락 하는데. 월급만 마이 타갈락 하고. 근데 저 아가씨는 마 맘 착하지, 얼굴 이쁘지.

상태 맞습니다 의원님. 저도 저 친구 맘에 쏙 들어서 아주 꼭 붙잡아두고 있습니다. 혹시 의원님 사람 필요하시면 당장 말씀해 주시지요. 바로 출동대기 시키겠습니다.

준섭 그럴까 예. 마침 선거운동도 시작해약 하는데 우리 사무실 아들이 영 신통치가 않아. 그래서 마 저래 성실하고 이쁜 아가 필요하긴 한데. 또 접대 나갈 때도 저런 아가 하나 동행해줘야 폼이 나는 거거든.

상태 아, 그럼 잘됐네요. 의원님! 제가 꼭 시간 만들어서 가라고 권유해 보겠습니다. 아니죠. 의원님께서 필요하시다는데 무조건 달려가야죠. 하하하.

준섭 아이고 마, 말만이라도 고맙십니더. 자, 그럼 시간도 이레 돼 가 이만 가 보겠십니데이.

상태 아 네, 벌써 그렇게 됐습니까? 그럼 또 인사드리겠습니다. 살펴 가십시오!

준섭 예이.

상태가 90도로 인사를 하고, 준섭은 한 쪽 손을 형식적으로 흔들고는 나간다.
상태는 다시 의자에 앉아서 접시에 있는 감자튀김 하나를 집어 든다. 그리고 냄새를 맡아본다.

상태 괜찮은데?

상태가 집어든 감자튀김을 한 입 베어 먹는다. 그때 태희가 주방에서부터 들어온다. 그녀는 준섭이 사라지고 상태만이 그걸 집어 먹고 있는 모습에 분노하여 소리를 지른다.

태희 악!
상태 (놀라서) 뭐야!
태희 (위협적으로 다가가서 접시에 든 감자튀김을 쏟아버리며) 그 인간 어디 갔어! 그 인간 어디 갔냐고!
상태 이게 미쳤나! 어디서 소리 지르고 난리야, 난리가!
태희 (주저앉는다) 그 인간 손 봐 준다며! 죽기 전까지만 패 준다며!
상태 (자리에 앉으며) 야 인마, 그것도 사람 봐가면서 해야지. 저 사람 여기 거물이야. 국회의원, 시장하고 노는 양반이란 말이야. 게다가 이 건물도 이제 저 양반 거라고. 조물주 밑에 건물주 몰라?
태희 흥, 건물주! 건물주면 다야! 건물주면 뭐하냐고! 성추행,

성폭행범인데!

상태 야, 양 매니저! 태희야! 네 기분 이해는 한다. 근데 사람이 힘을 써서 될 일이 있고 안 될 일이 있는 거야. 게다가 15년 지났다며? 그럼 공소시효도 지나서 법적으로도 어떻게 못해. 그리고 15년씩이나 지나면서 별 일 없이 살았으면 이제 잊을 만도 하잖아.

태희 뭐!

상태 그렇잖아. 네가 그렇게 분해 한다고 저 양반 눈 하나 깜짝 할 거 같애? 그리고 네 살점 뜯어간 것도, 네 팔 다리 잘라 간 것도 아니야. 네 재산 뺏어간 것도 아니고. 잊어버려야 서로 윈윈 하는 거야.

태희 윈윈?

상태 그래. 윈윈

태희 그래서 너 같은 수컷들은 안 되는 거야. 15년? 나한테는 매일 매일이 악몽이었어. 그 이후로 틈만 나면 저 새끼손가락이 벌레가 되어 내 몸을 기어 다녀. 경험해 본 적 없지? 그래서 잠 한숨 제대로 자 본 적 없어. 너 15년 동안 잠 못 자는 거 상상이나 돼? 이게 다 내가 가난하고 힘이 없어서 그래. 내가 잘 사는 집에 태어났으면 아무 일도 벌어지지 않았을 거라고! 그래. 생각해보니 그냥 죽이는 건 아닌 거 같아. 나도 똑같이 복수해 주고, 나처럼 똑같이 살게 해줄 거야.

상태 알았다. 알았어. 오늘은 많이 늦었으니까 내일 다시 얘기

하자.

태희 너희들 수컷들 몸뚱이를 기어 다니는 건 뭐가 있을까?

상태 그만 하라고. 나 갈 테니까 문단속 잘 하고 들어가. 너 지금 너무 많이 흥분했으니까 집에 가서 좀 쉬어. 푹. (돈을 꺼내어 주며) 어디 가서 사우나나, 아니 어디 호텔방 잡아서 호캉스라도 해.

태희 이 건물 저 새끼가 샀다고 했지?

상태 ….

태희 그럼 이 건물에 지울 수 없는 상처를 입히면 되겠네.

상태 뭐?

태희 왜 놀래? 너희들이 내 몸에 준 상처 되돌려주려면 똑같이 해줘야 하는데 너희들 몸에 상처 내봐야 아무 무슨 소용이나 있겠어? 그깟 고깃덩어리들 갈기갈기 찢어서 씹어 먹어봐야 목구멍에 넘어가기나 하겠냐고. 이미 썩어서 구린내가 풀풀 나는 몸뚱아리들인데.

상태 그래서 건물이 뭐가 어째?

태희 이 건물 아예 없애줄게.

상태 참 내. 어떻게?

태희 못 할 줄 알지?

상태 야, 그리고 너희들이 뭐냐? 난 저 인간하고 달라!

태희 나보고 이해하라며! 덮어두라며!

상태 그건… 달리 방법이 없으니까 그러지!

태희 너도 똑같은 새끼야. 아니 넌 더한 새끼야. 같은 편이 고통

받고 있는데 그냥 보고만 있잖아. 아니지 너 하는 거 보니까 같은 편도 아니지. 너야말로 저 버러지 같은 쓰레기들한테 빌붙어서 어떻게든 팔자 펴보려는 기생충 같은 새끼 아니야!

상태 뭐라고? 이년이 보자보자 하니까.

태희가 얼른 주방으로 뛰어 들어간다.

상태 아, 재 또 뭐하냐?

태희가 다시 이번엔 석유통을 들고 나온다.

상태 야! 너 지금 뭐하는 거야!

태희 성경책 읽어봤어? 안 읽어봤지? 나도 잘 모르지만 이 구절만은 알아. 이상하게 내 눈에 뚜렷하게 들어오더라고. '인간들아, 심판의 날이 올 것이다. 거짓말을 하는 자 혀를 뽑아버려라. 안 그러면 지옥 불에 뛰어들 것이다. 나쁜 짓 하는 자 손을 잘라버려라. 아니면 지옥 불에 뛰어들 것이다.' 너희는 손도 안 잘랐고, 혀도 안 뽑았으니 이제 지옥 불에 뛰어들 차례다.

태희가 석유통의 뚜껑을 열어 바닥에 뿌린다.

상태가 놀라서 말리려 하는데 어쩔 수 없이 뿌려지고 끝내 태희는 지포라이타를 꺼내어 든다. 이때 상태가 물러서게 된다.

상태 너, 진짜! 야, 그거 하지 마. 그거 하지 마!

태희 가까이 오면 확 던져버린다.

상태 태희야, 내가 손 봐 줄게. 진짜 손 봐 줄 수 있어. 그거 내려 놔. 제발.

태희 이미 틀렸어. 난 이제 돌이킬 수 없어.

상태 아니야. 돌이킬 수 있어. 너 지금 이성을 잠깐 잃어서 그러는 거야. 지나고 나면 다 후회할 거야. 그러니까 침착하게 내려놓자 응? (다가가려 한다)

태희 저리가 이 개새끼야! 이 버러지만도 못한 인간 말종 새끼들아!

태희가 라이터를 켜자 상태가 소리를 지르며 뛰어나간다.

태희 으흐흐. 하하하! (위를 올려다보며) 거기 계시죠? 저 위에 계신 거 맞죠? 저 이제 청소 좀 할게요! 저 악마새끼들에게 심판의 날을 선물해주려고 합니다! 저 보고 이 일 하라는 거 맞죠! 잘 사는 놈들은 계속 나쁜 짓 하고도 계속 잘 사는데, 못 사는 놈들은 계속 이렇게 당하기만 하고. 아무도 심판해주지도 않고! 그러니까 제가 심판해주는 게 맞죠! 하하하!

태희의 웃음소리가 무대와 객석으로 퍼져나간다.
그녀가 서서 절규하는 모습 뒤로 거대한 화염이 무대를 가득 메운다.
그 화염은 객석에까지 활활 타오르며 세상 모두를 태워버릴 듯 분노를 표출하고 사라진다.

무대 전환.

에필로그

다시 라디오에서 교통정보와 함께 클래식 프로그램 멘트가 들려온다.

목소리 1분 교통정보입니다. 서문로터리에서 남쪽으로 신작로 50미터 지점에 있는 한 빌딩에서 화재가 나 소방차들이 길을 막고 화재진압 중이라고 합니다. 신작로 이용하실 분들은 다른 방향으로 우회해주시기 바랍니다. 아무쪼록 큰 사고 없이 잘 진압되었으면 합니다. 1분 교통정보였습니다.

아나운서 네. 감사합니다, 손나리 리포터. 사고 소식이 좀 있었네요. 건물 지하에서 불이 나 다행히 위쪽으로 번지지는 않았다고 하는데요. 아무쪼록 큰 인명피해가 없었으면 하는 바램입니다. 약간 화제를 돌려서요. 화창한 주말 계속되고 있네요. 여러분은 이 한가로운 일요일 오후 어떻게 보내고 계신가요? 모처럼 가족들과 나들이 즐기고 계신가요? 혹은 교외의 근사한 패밀리레스토랑에서 외식은 어떠신가요? '가족들과의 나들이' 왠지 클래식 명화나 음악의 제목인 것 같네요. 그런 의미에서 음악 하나 들려드리겠습니다.

클래식 음악이 울려 퍼진다.

막.

한국 희곡 명작선 79
마지막 디너쇼

초판 1쇄 인쇄일 2021년 11월 25일
초판 1쇄 발행일 2021년 11월 30일

지 은 이 강재림
만 든 이 이정옥
만 든 곳 평민사
서울시 은평구 수색로 340 〈202호〉
전화 : 02) 375-8571 / 팩스 : 02) 375-8573
http://blog.naver.com/pyung1976
이메일 pyung1976@naver.com
등록번호 25100-2015-000102호
ISBN 978-89-7115-793-0 04800
978-89-7115-663-6 (set)
정 가 8,000원

이 책은 사단법인 한국극작가협회가 한국문화예술위원회의 2021년 제4회 극작엑스포
지원금을 받아 출간하였습니다.